F. (de) 1893 Février 15

COLLECTION DE M. F.

(DEUXIÈME PARTIE) la 1re partie 1892. déc. 13.

EAUX-FORTES

MODERNES

15 FÉVRIER 1893

Me Maurice DELESTRE COMMISSAIRE-PRISEUR 27, rue Drouot, 27	M. DUPONT aîné MARCHAND D'ESTAMPES 21 rue de Seine 21

EXPOSITION PUBLIQUE

LE MARDI 14 FÉVRIER, DE DEUX A CINQ HEURES

PARIS
IMPRIMERIE D. DUMOULIN ET Cie
5, RUE DES GRANDS-AUGUSTINS, 5

CATALOGUE (N° 119)

D'EAUX-FORTES

MODERNES

Par Bracquemond, Brunet-Debaines, Calamatta,
Chaigneau, Champollion, Courtry,
Desbrosses, Flameng, Gaillard, Gaujean, Lucien Gautier, Gœneutte,
Jacquemart, Jasinski, Koepping, Kratké,
Laguillermie, Lalanne, Le Couteux, Los Rios, Manley, Mathey, Maurou,
Meissonier, Millet, Monziès, Piguet,
Rajon, Rapine, Roybet, Spinelli, Toussaint, Waltner, etc.

ÉPREUVES D'ARTISTE

SUR PARCHEMIN ET SUR JAPON

DONT LA VENTE AUX ENCHÈRES PUBLIQUES AURA LIEU

HOTEL DES COMMISSAIRES-PRISEURS, RUE DROUOT, SALLE N° 9

Le Mercredi 15 Février 1893

à deux heures.

EXPOSITION PUBLIQUE : Le Mardi 14 février

de deux à cinq heures.

Par le ministère de Me **MAURICE DELESTRE**, Commissaire-Priseur,
rue Drouot, 27

Assisté de M. **DUPONT** aîné, marchand d'estampes, rue de Seine, 21

PARIS, 1893

CONDITIONS DE LA VENTE

Elle sera faite au comptant.

Les acquéreurs payeront CINQ POUR CENT en sus des enchères, applicables aux frais.

L'ordre du Catalogue sera suivi.

DÉSIGNATION

EAUX-FORTES

ALLONGÉ

1 — La Mare.

Très belle épreuve d'artiste avec remarque.

BÉRAUD (d'après)

2 — Monologue, par Ramus.

Très belle épreuve d'artiste sur japon.

BERTAUT

3 — Les Glaneuses, — Les Meules, d'après Millet, — Forêt de Fontainebleau, d'après Diaz, — Coucher de Soleil, d'après Rousseau.

Quatre pièces, très belles épreuves d'artiste sur parchemin, signées.

BILLY (Ch. de)

4 — A l'orgue, d'après Lerolle.

Très belle épreuve d'artiste avec remarque sur japon.

BORREL

5 — Le Traineau, d'après Boucher.

Très belle épreuve d'artiste avec remarque sur japon, signée.

BOUGUEREAU (d'après)

6 — Le Nouveau-né.

Très belle épreuve d'artiste avec remarque sur parchemin, signée.

7 — L'Amour captif.

Très belle épreuve d'artiste.

BOUILLAN

8 — Nymphe en pleurs, d'après Henner.

Très belle épreuve d'artiste.

BOULARD (A.)

9 — Mon ancien régiment, d'après Detaille.

Très belle épreuve.

10 — Fantasia, — La lisière du Mont-Girard, — Madeleine.

Trois pièces, très belles épreuves d'artiste.

BRACQUEMOND

11 — Boissy d'Anglas à la Convention, d'après Delacroix.

Très belle épreuve d'artiste sur japon.

12 — Les Mouettes.

Très belle épreuve d'artiste sur japon (grande planche).

13 — La Femme au tigre, d'après Delacroix.

Très belle épreuve d'artiste.

14 — La Discorde, d'après G. Moreau.

Très belle épreuve d'artiste sur japon, signée.

15 — L'Homme à la houe, d'après Millet.

Très belle épreuve d'artiste.

BRUNET-DEBAINES

16 — The valley farm, d'après Constable.

Très belle épreuve d'artiste sur japon, signée du monogramme.

BULAND

17 — La Vente de l'agneau, d'après Outin.

Très belle épreuve d'artiste avec remarque, sur parchemin, signée du peintre et du graveur.

18 — La même estampe.

Très belle épreuve d'artiste avec remarque.

CALAHAN

19 — Marine, — Paysages, etc.

Cinq pièces, très belles épreuves d'artiste, avec remarque sur japon, signées.

CALAMATTA

20 — La Joconde, d'après L. de Vinci.

Très belle épreuve avec la lettre grise sur chine.

CHAIGNEAU

21 — Le vieux Berger.

Très belle épreuve d'artiste avec remarque sur japon, signée.

CHAMPOLLION

22 — Un Décavé, d'après Orchardson.

Très belle épreuve d'artiste avec remarque.

23 — Un Coin de jardin, d'après Casanova.

Très belle épreuve d'artiste.

24 — Le Choix du modèle, d'après Fortuny.

Très belle épreuve d'artiste.

25 — Plaisirs champêtres, d'après Lancret, — Déjeuner sur l'herbe, par de Mare, d'après le même.

Deux pièces, très belles épreuves d'artiste sur chine.

CHAUVEL (Th.)

26 — Solitude, d'après Daubigny.

Très belle épreuve.

COPPIER

27 — Harmonie, d'après Hébert.

Très belle épreuve d'artiste avec remarque sur parchemin.

28 — Jeune Femme d'aprrès Henner,

Très belle épreuve d'artiste sur japon, signée.

COROT (d'après)

29 — Le Lac de Garde, — Le Batelier, — L'Arbre brisé, — Les Marais, par Bertaut.

Quatre pièces, épreuves d'artiste sur parchemin, signées.

COURTRY (Ch.)

30 — Entre deux feux, d'après Ximenez.

Très belle épreuve d'artiste avec remarque sur japon, signée du peintre et du graveur.

31 — Funérailles de Marceau, d'après J.-P. Laurens.

Très belle épreuve d'artiste sur japon, avec dédicace.

32 — La même estampe.

Très belle épreuve d'artiste, signée.

33 — Salomé, d'après Stevens.

Très belle épreuve d'état sur japon.

34 — Le Berger, d'après Julien Dupré.

Très belle épreuve.

35 — Lion, d'après Barye, — Pâturage, d'après Van Marcke.

Deux pièces. Très belles épreuves d'artiste.

36 — Le Bon Samaritain, d'après Decamps, — Le Golgotha, d'après Delacroix, etc.

Quatre pièces. Très belles épreuves d'artiste.

COUTURE (d'après)

37 — Les Romains de la décadence, par Jacott, lithogr.

Très belle épreuve d'artiste.

DEBLOIS

38 — Le Marché aux servantes, d'après Marchal.

Très belle épreuve d'artiste sur japon.

DELAUNEY

39 — Paysages d'après Dupré, Rousseau, Troyon, etc.

Quatre pièces, très belles épreuves d'artiste.

DESBROSSES

40 — Le Moulin.

Très belle épéeuve d'artiste avec remarque sur parchemin, signée.

41 — Le Lac, d'après Corot.

Très belle épreuve d'artiste avec remarque sur parchemin, signée.

42 — La même estampe.

Très belle épreuve d'artiste avec remarque sur japon.

DIVERS

43 — Le Lac de Garde, par Bertaut, d'après Corot, — Coucher de soleil, d'après Rousseau, etc.

Cinq pièces, très belles épreuves.

44 — Eaux-fortes par Gaujean, Lesigne, Somm, etc.

Quatre pièces, très belles épreuves.

45 — Emballés, — Rivière dans un village, — Prise d'un sanglier.

Trois pièces, belles épreuves.

FLAMENG (L.)

46 — Gille, d'après Watteau.

Très belle épreuve d'artiste sur japon.

FULLWOOD

47 — Paysage.

Très belle épreuve d'artiste avec remarque snr chine, signée.

48 — September.

Très belle épreuve d'artiste, signée.

GAILLARD (F.)

49 — Saint Georges, d'après Raphaël.

Très belle épreuve d'artiste sur chine, signée.

GAUJEAN

50 — La Vierge aux rochers, d'après L. de Vinci.

Très belle épreuve d'artiste.

51 — L'Enfant aux cerises, d'après Russell.

Très belle épreuve d'artiste avec remarque sur japon, signée.

52 — Suzanne au bain, d'après Henner.

Très belle épreuve d'artiste sur japon.

53 — Les Baigneuses, d'après Fragonard.

Très belle épreuve d'artiste avec remarque sur japon, signée.

54 — La même estampe.

Très belle épreuve d'artiste sur japon, signée.

GAUTIER (Lucien)

55 — L'Arbre brisé, d'après Corot.

Très belle épreuve d'artiste avec remarque sur parchemin, signée.

56 — Les Chaumières, d'après Corot.

Très belle épreuve d'artiste avec remarque sur parchemin, signée.

57 — Le Lac de Côme, d'après Corot.

Très belle épreuve d'artiste sur japon, signée.

58 — Le Matin, d'après Daubigny.

Très belle épreuve d'artiste sur japon, signée.

59 — Le Soir, d'après Daubigny.

Très belle épreuve d'artiste, sur japon signée.

60 — La Mare, d'après J. Dupré.

Très belle épreuve d'artiste, sur parchemin, signée.

GAUTIER (Lucien.)

61 — Santa Maria Della Salute à Venise, d'après Canaletti.

Très belle épreuve d'artiste avec remarque sur parchemin, signée.

62 — Le Grand canal à Venise, d'après Ziem.

Très belle épreuve d'artiste avec remarque sur parchemin, signée.

63 — Le Rialto.

Très belle épreuve d'artiste, avec remarque sur japon, signée.

64 — Notre-Dame de Paris, effet de neige.

Très belle épreuve d'artiste avec remarque sur japon, signée.

GIOVANI (G.)

65 — Napoléon.

Très belle épreuve d'artiste avec remarque sur parchemin, signée.

GŒNEUTTE (N.)

66 — La Bergerie.

Très belle épreuve d'artiste avec remarque sur parchemin, signée.

GOWANS

67 — Paysages.

Trois pièces, très belles épreuves avec remarque sur japon, signées.

GRAVESANDE (Storm de)

68 — Port d'Amsterdam.

Très belle épreuve d'artiste, signée.

GRAVIER (A.)

69 — Le Favori.

Très belle épreuve.

70 — La même estampe.

Très belle épreuve.

GREUX, GUÉRARD

71 — Le Marché aux fleurs, — Arrivée du pardon de Sainte-Anne de Fouesnant, — Morning glory.

Trois pièces, très belles épreuves d'artiste.

HANRIOT

72 — La Dame au masque, d'après Gervex.

Très belle épreuve d'artiste, sur japon.

HAWKINS (d'après)

73 — Les Orphelins.

Très belle épreuve d'artiste, sur japon, signée.

ISABEY (d'après)

74 — Retour au port, par Hill.

Très belle épreuve d'artiste, signée.

JACQUEMART

75 — Rêve d'amour, d'après Greuze.

Très belle épreuve d'artiste, sur japon.

76 — Nature morte, — Avant le bal.

Deux pièces, très belles épreuves d'artiste, sur japon.

77 — L'Approche de l'orage d'après Van der Capelle, — Bords de la Meuse d'après Van Goyen.

Deux pièces, très belles épreuves d'artiste, sur japon.

78 — Porcelaine orientale.

Très belle épreuve d'artiste.

79 — The Metropolitan museum of art.

Suite complète de dix eaux-fortes et un titre, très belles épreuves d'artiste, signée dans la couverture de publication.

80 — Huit études et compositions de fleurs.

Suite complète, très belles épreuves d'artiste.

JACQUET (A.)

81 — Le Courage militaire, d'après Dubois.

Très belle épreuve d'artiste, sur chine, signée.

JASINSKI

82 — L'Amant de la lune, d'après Montégut.

Très belle épreuve d'artiste, sur parchemin, signée.

83 — Madame Vigée Lebrun et sa fille.

Très belle épreuve d'artiste, avec remarque, sur parchemin.

84 — La Dame au manchon, d'après Vigée Lebrun.

Très belle épreuve d'artiste, avec remarque, sur parchemin, signée.

JAZET

85 — Le Meunier, son fils et l'âne. — Entre deux victoires.

Deux pièces, belles épreuves.

KŒPPING

86 — Frou-Frou, d'après Clairin.

Très belle épreuve d'artiste, sur parchemin, signée du peintre et du graveur.

87 — Le Christ au Calvaire, d'après Munkacsy.

Très belle épreuve d'artiste, sur japon, signée du peintre et du graveur.

88 — Les Rodeurs de nuit, d'après Munkacsy.

Très belle épreuve d'artiste, sur japon.

KPANKOW

89 — Portrait du tzar Alexandre III.

Très belle épreuve.

KRATKÉ (L.)

90 — La Danse des Nymphes, d'après Corot.

Très belle épreuve d'artiste, avec remarque sur japon, signée.

91 — Une Chaude journée, d'après Jules Breton.

Très belle épreuve d'artiste sur japon.

KRATKÉ (L.)

92 — Trop tard.

Très belle épreuve d'artiste, avec remarque sur japon.

93 — Le Moulin.

Très belle épreuve d'artiste, avec remarque sur parchemin, signée.

94 — La Toilette, d'après Seignac.

Très belle épreuve d'artiste, avec remarque sur japon, signée.

KRUSEMAN

95 — Village au bord de l'eau.

Très belle épreuve d'artiste sur japon, signée.

96 — La même estampe.

Très belle épreuve sur japon, signée.

LAGUILLERMIE

97 — Reddition de la ville de Bréda, d'après Vélasquez.

Très belle épreuve d'artiste sur japon.

98 — La Joconde, d'après Léonard de Vinci.

Très belle épreuve d'état sur japon.

LALANNE

99 — Clair de lune, d'après J. Dupré.

Très belle épreuve d'artiste.

100 — Souvenir d'Italie, — Mantes-la-Jolie, d'après Corot.

Deux pièces, très belles épreuves d'artiste.

LAMOTTE

101 — Souvenirs, d'après Chaplin.

Très belle épreuve d'artiste sur chine.

LANÇON

102 — Lion buvant à la source.

Très belle épreuve d'artiste avec remarques sur japon signée.

LANÇON

103 — Combat de cerfs, d'après Courbet.

Très belle épreuve d'artiste avec remarques sur hollande, signée.

LE COUTEUX

104 — Les Botteleurs, d'après J.-F. Millet.

Très belle épreuve d'artiste signée.

105 — La Bohémienne, d'après F. Hals.

Très belle épreuve d'artiste signée.

106 — Le Goûter des moissonneurs, d'après J. Breton.

Très belle épreuve d'artiste sur japon, signée du peintre et du graveur.

107 — Marie de Médicis, d'après Rubens.

Très belle épreuve d'artiste sur japon.

108 — La Comtesse d'Oxford, d'après Van Dyck.

Très belle épreuve d'artiste sur japon signée.

LEGROS (A.)

109 — Portrait d'homme.

Très belle épreuve d'artiste sur japon.

LEROY

110 — Le Bon vin, d'après Hannoteau.

Très belle épreuve d'artiste sur japon.

LETERRIER

111 — L'Étang, d'après Corot.

Très belle épreuve d'artiste sur parchemin, signée.

LOS RIOS (DE)

112 — La Faneuse, d'après Lerolle.

Très belle épreuve d'artiste sur japon, signée.

LOS RIOS (DE)

113 — Le Printemps, d'après Lerolle.

Très belle épreuve d'artiste avec remarque, sur japon, signée du peintre et du graveur.

MANLEY (S.)

114 — Paysage.

Très belle épreuve d'artiste avec remarque sur japon, signée.

115 — La même estampe.

Très belle épreuve d'artiste avec remarque sur japon, signée.

116 — Marine, — Paysage.

Deux pièces, très belles épreuves d'artiste avec remarque sur japon, signées.

MARCELLIN (L.)

117 — Abraham et les anges, d'après Rembrandt.

Très belle épreuve d'artiste, avec remarque sur parchemin, signée.

MARC (DE)

118 — Portrait de Gaillard, — La Joconde, etc.

Quatre pièces, très belles épreuves d'artiste.

119 — Stanley.

Sept pièces, belles épreuves.

MARTIAL

120 — Citoyen de l'an V, d'après L. Goupil.

Très belle épreuve d'artiste sur japon.

MARTIN (H.)

121 — Le Passeur, d'après Minet.

Très belle épreuve d'artiste sur parchemin.

MATHEY

122 — Les Enfants de Charles Ier, d'après Van Dyck.

Très belle épreuve d'artiste sur japon, signée.

MATHEY

123 — Charles Ier, d'après Van Dyck.

Très belle épreuve d'artiste sur japon, signée.

124 — Rodolphe II chez son alchimiste, d'après Brozik.

Très belle épreuve d'artiste sur japon, avec dédicace.

MAUROU

125 — Tête d'homme, d'après J.-P. Laurens, lithog.

Très belle épreuve d'artiste, signée.

126 — Mounet-Sully, d'après J.P. Laurens, lithog.

Très belle épreuve d'artiste.

127 — Entrée des Croisés à Constantinople, d'après Delacroix, lithog.

Très belle épreuve d'artiste.

MEISSONIER (d'après)

128 — Cavalier, par Alasonnière.

Très belle épreuve d'artiste, avec remarque sur parchemin, signée.

129 — Joueur de guitare, par Gilbert.

Très belle épreuve d'artiste, avec remarque sur parchemin, signée.

130 — La même estampe.

Très belle épreuve d'artiste, avec remarque sur japon, signée.

131 — Borée, par de Mare.

Très belle épreuve d'artiste sur parchemin, signée.

132 — Défilé des populations lorraines, à Nancy, par Jacquemart.

Très belle épreuve d'artiste.

133 — Le Baiser, par Poterlet.

Très belle épreuve d'artiste avec remarque sur parchemin, signée.

MEISSONIER (d'après)

134 — La même estampe.

Très belle épreuve d'artiste avec remarque sur japon, signée.

135 — Annibal, par Poterlet.

Très belle épreuve d'artiste avec remarque, sur parchemin, signée.

136 — La même estampe.

Très belle épreuve d'artiste, avec remarque, sur japon, signée.

137 — La Chanson, par Vion.

Très belle épreuve d'artiste avec remarque sur parchemin, signée.

138 — La Confidence, par Vion.

Très belle épreuve sur chine.

139 — Le Rieur, par Walker.

Très belle épreuve d'artiste avec remarque sur parchemin, signée.

MERCIER

140 — La Bergère, d'après Ridgeway Knight.

Très belle épreuve d'artiste avec remarque sur japon, signée du peintre et du graveur.

MILIUS

141 — Portrait de jeune fille, d'après Veronèse.

Très belle épreuve d'artiste avec remarque sur japon, signée.

142 — A la fontaine, d'après J. Breton.

Très belle épreuve d'artiste avec remarque sur parchemin, signée.

143 — La même estampe.

Très belle épreuve d'artiste avec remarque sur japon, signée.

144 — La Vierge aux rochers, d'après L. de Vinci.

Très belle épreuve d'artiste sur japon, signée.

145 — La Jeune mère, d'après Orchardson.

Très belle épreuve d'artiste avec remarque sur japon, signée.

MILLER (E.)

146 — Marine, Vaisseaux, etc.

Huit pièces, très belles épreuves d'artiste sur japon, signées.

MILLET (d'après)

147 — Les Faneuses, par Le Couteux.

Très belle épreuve d'artiste sur parchemin, signée.

148 — La Porteuse de lait, par Le Couteux.

Très belle épreuve d'artiste avec remarque sur parchemin, signée.

149 — La Fileuse, par Le Couteux.

Très belle épreuve d'artiste, sur japon, signée.

150 — La Becquée, par Rodrigues.

Très belle épreuve d'artiste avee remarque sur japon, signée.

151 — La Leçon de couture, par Rodrigues.

Très belle épreuve d'artiste avec remarque sur parchemin, signée.

152 — La Fileuse, par Kratké.

Très belle épreuve d'artiste avec remarque sur parchemin.

153 — La même estampe.

Très belle épreuve d'artiste avec remarque sur japon, signée.

154 — La Baratteuse, par Kratké.

Très belle épreuve d'artiste sur japon, signée.

155 — L'Angélus.

Très belle épreuve d'artiste, sur japon, signée.

156 — La même estampe.

Très belle épreuve d'artiste, sur japon, signée.

157 — La même estampe.

Belle épreuve avec la lettre sur chine.

158 — Le Semeur, par Greux.

Très belle épreuve d'artiste, avee remarque sur parchemin.

MILLET (d'après)

159 — La Tonte, par Chassinat.

Très belle épreuve d'artiste avec remarque, sur parchemin, signée.

MONZIÈS (L.)

160 — Enterrement d'un marin à Villerville, d'après Ulysse Butin.

Très belle épreuve avant la lettre.

MORDANT

161 — Le Doreur, d'après Rembrandt.

Très belle épreuve d'artiste.

MULLER

162 — L'Approche de l'orage, d'après Farquharson.

Très belle épreuve d'artiste, avec remarque, signée.

PENET

163 — Premières Fleurs, d'après Chaplin.

Très belle épreuve d'artiste sur chine, signée.

PIGUET (R.)

164 — La Parisienne.

Très belle épreuve d'artiste.

165 — La Pierrette, d'après Clairin.

Très belle épreuve.

PLATT

166 — La Marée basse.

Très belle épreuve d'artiste sur japon.

RAJON (P.)

167 — L'Arquebusier.

Très belle épreuve d'artiste, sur japon, signée.

168 — Le Secret, d'après Linton.

Très belle épreuve d'artiste, sur japon, signée du peintre et du graveur.

RAJON (P.)

169 — **Rêverie, d'après Jacquet.**

Très belle épreuve d'artiste, sur chine volant, signée.

170 — **L'empereur Claude, d'après Alma Tadéma.**

Très belle épreuve d'artiste sur chine, signée du peintre et du graveur.

171 — **Le docteur Pochin, d'après Ouless.**

Très belle épreuve d'artiste.

172 — **Le cardinal Newman, d'après Ouless.**

Très belle épreuve d'artiste sur chine, signée.

173 — **James Martineau, d'après Watts.**

Très belle épreuve d'artiste.

RAPINE

174 — **Un Baptême à la campagne, d'après F. Girard.**

Très belle épreuve d'artiste avec remarque sur japon, signée du peintre et du graveur.

175 — **Une Visite à la ferme, d'après F. Girard.**

Très belle épreuve d'état sur japon.

176 — **La Vague, d'après P. Dupuis.**

Très belle épreuve d'artiste avec remarque sur chine, avec dédicace.

177 — **Lever de lune, d'après Faléro.**

Très belle épreuve d'artiste avec remarque sur japon, avec dédicace.

RENOUF (d'après)

178 — **Le Coup de main.**

Très belle épreuve en couleur.

REYNAUD (F.)

179 — **Le Coup de main, d'après Renouf.**

Très belle épreuve d'artiste avec remarque sur parchemin, signée.

RIDGEWAY KNIGHT (d'après)

180 — Un bon Conseil.

Très belle épreuve d'artiste avec remarque sur japon, signée du peintre et du graveur.

181 — Les Laveuses, par Raynaud.

Très belle épreuve d'artiste avec remarque sur parchemin, signée.

182 — La même estampe.

Très belle épreuve d'artiste, sur japon, signée.

ROE (E.)

183 — Gravesend, — Lime-house, — Bords de la Tamise, etc.

Suite complète de six pièces, très belles épreuves.

ROYBET

184 — Chanson à boire, par Faivre.

Très belle épreuve d'artiste avec remarque sur japon, signée du peintre et du graveur.

185 — La Partie d'Échecs.

Très belle épreuve d'artiste sur japon, signée.

SALMON (E.)

186 — La Récolte des pommes de terre, d'après Hagborg.

Très belle épreuve d'artiste sur japon, signée du peintre et du graveur.

187 — Cerf sous bois, d'après Rosa Bonheur.

Très belle épreuve d'artiste avec remarque sur japon, signée.

SARTIN

188 — Retour de l'église, d'après Moran,

Très belle épreuve d'artiste avec remarque sur chine, signée du peintre et du graveur.

SPINELLI (R.)

189 — Les Loups de mer, d'après Demont-Breton.

Très belle épreuve d'artiste avec remarque, sur parchemin, signée.

SPINELLI (R.)

190 — Joueurs d'échecs, d'après Flameng.

Très belle épreuve d'artiste sur japon, signée.

191 — Saint Jean L'hospitalier, d'après Dawant.

Très belle épreune d'artiste, sur japon, signée du peintre et du graveur.

TEYSSONNIÈRES

192 — La Rencontre, d'après Ridgeway Knight.

Très belle épreuve d'artiste, avec remarque, sur parchemin, signée, du peintre et du graveur.

TOUSSAINT

193 — La Valse, d'après Gilbert.

Très belle épreuve d'artiste.

194 — Jeune femme, d'après R. Collin.

Très belle épreuve d'artiste, signée.

VIBERT

195 — Le Malade imaginaire.

Très belle épreuve avant la lettre, sur chine.

196 — L'antichambre de Monseigneur.

Très belle épreuve avant la lettre, sur chine.

VION

197 — Pro patria, — Endormie, — Un Amateur.

Trois pièces, très belles épreuves d'artiste.

WALTNER

198 — La Bohémienne, d'après G. Ricard.

Très belle épreuve d'artiste, sur japon.

199 — Madame Bischoffen, d'après Millais.

Très belle épreuve d'artiste, sur japon.

WALTNER

200 — Le Vase de Chine, d'après Fortuny.

Très belle épreuve d'artiste, sur japon.

201 — Mademoiselle Masson, d'après Dubois.

Très belle épreuve d'artiste, sur japon.

202 — Valet de Toréro, d'après H. Regnault.

Très belle épreuve d'artiste, sur japon.

203 — Le Repos, d'après Louis Leloir.

Très belle épreuve d'artiste, sur japon.

204 — Monsieur et Madame Vollenhoven, d'après Van Ravenstein.

Deux pièces, très belles épreuves d'artiste, sur japon.

205 — Master Lambton, d'après Lawrence.

Très belle épreuve d'artiste, avec remarque sur parchemin, signée.

206 — La même estampe.

Très belle épreuve d'artiste, sur japon, signée.

207 — The Wayfarers, d'après Millais.

Très belle épreuve d'artiste, sur parchemin, signée.

208 — Le Rabbin, d'après Rembrandt.

Très belle épreuve d'artiste, sur japon, signée.

209 — Le Christ devant Pilate, d'après Munkacsy.

Très belle épreuve d'artiste, sur japon, signée du peintre et du graveur.

210 — Intérieur d'un harem, d'après Delacroix.

Très belle épreuve avant la lettre, sur chine.

211 — La Musique.

Très belle épreuve d'artiste, sur japon.

212 — Le Doreur, d'après Rembrandt.

Très belle épreuve.

WATSON

213 — Chelsea bridge.

Très belle épreuve d'artiste.

XIMÉNEZ (d'après)

214 — Jeunes gens à marier, par Spinelli.

Très belle épreuve d'artiste, avec remarque, sur parchemin, signée.

215 — Sous ce numéro seront vendues par lots les pièces non cataloguées.

PARIS

IMPRIMERIE D. DUMOULIN ET Cie

5, rue des Grands-Augustins, 5

www.ingramcontent.com/pod-product-compliance
Ingram Content Group UK Ltd.
Pitfield, Milton Keynes, MK11 3LW, UK
UKHW021033260726
13994UKWH00005B/2128